U0035416

許水富截句

許水富 著

截句

●

是詩行裡最被寵愛的私生子

4行詩

在衆臉書詩句中

截句成冊。

成詩的——

小風景。

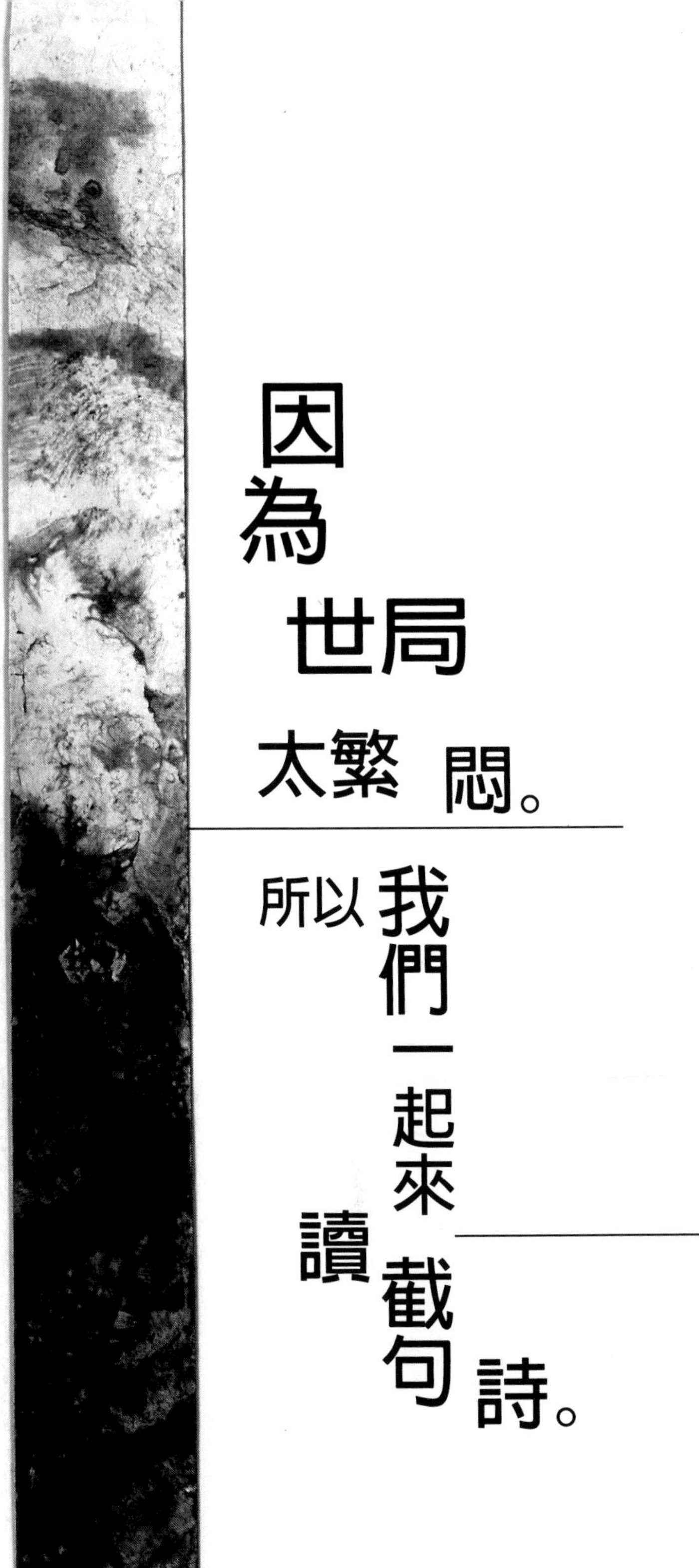

因為世局太繁悶。

所以我們一起來讀截句詩。

【截句詩系第二輯總序】「截句」

李瑞騰

上世紀的八十年代之初，我曾經寫過一本《水晶簾捲——絕句精華賞析》，挑選的絕句有七十餘首，注釋加賞析，前面並有一篇導言〈四行的內心世界〉，談絕句的基本構成：形象性、音樂性、意象性；論其四行的內心世界：感性的美之觀照、知性的批評行為。

三十餘年後，讀著臺灣詩學季刊社力推的「截句」，不免想起昔日閱讀和注析絕句的往事；重讀那篇導言，覺得二者在詩藝內涵上實有相通之處。但今之「截句」，非古之「截句」（截律之半），而是用其名的一種現代新文類。

探討「截句」作為一種文類的名與實，是很有意思的。首先，就其生成而言，「截句」從一首較長的詩中截取數句，通常是四行以內；後來詩人創作「截句」，寫成四行以內，其表現美學正如古之絕句。這等於說，今之「截句」有二種：一是「截」的，二是創作的。但不管如何，二者的篇幅皆短小，即四行以內，句絕而意不絕。

說來也是一件大事，去年臺灣詩學季刊社總共出版了13本個人截句詩集，並有一本新加坡卡夫的《截句選讀》、一本白靈編的《臺灣詩學截句選300首》；今年也將出版23本，有幾本華文地區的截句選，如《新華截句選》、《馬華截句選》、《菲華截句選》、《越華截句選》、《緬華截句選》等，另外有卡夫的《截句選讀二》、香港青年學者余境熹的《截竹為筒作笛吹：截句詩「誤讀」》、白靈又編了《魚跳：2018臉書截句300首》等，截句影響的版圖比前一年又拓展了不少。

同時，我們將在今年年底與東吳大學中文系合辦「現代截句詩學研討會」，深化此一文類。如同古之絕句，截句語近而情遙，極適合今天的網路新媒體，我們相信會有更多人投身到這個園地來耕耘。

刻在骨頭裡的詩
——《許水富截句》序

白靈

許水富天生是個異類，不僅腦後長有反骨，腦袋中更是奇思怪想、鬼招頻頻。詭異的是，五十歲以前卻只出過二本與詩相隔甚遠的《廣告與經營》、《字魂書道——工商書法》，與他的專業與職場有關，顯然前半生均陷於生活的拼鬥與掙扎。

他的第一本詩集《叫醒私密痛覺》要遲到2001年才出版。而真正能展現他詩人與藝術家才華的，要晚到2007年由唐山出版社出版他厚厚的《多邊形體溫》一書，詩、書法、設計與創意並呈，充分將他個人才分十足的展示。此後十年間，陸續出了十餘本此類極具個人風格和形式的詩冊，也創造了個人詭譎獨特的詩風，令詩壇側目，誠可謂許氏的火山大爆發時期。

他的出生地金門，處於大陸版塊與臺灣島域的雙重邊緣，誠可謂邊緣之邊緣的蕞爾小島，前半世紀是戰地，之後是熱門觀光景點，集荒謬與痛苦於一處，誠二十世紀被戰火怒火燻焦的黑色幽默之最。他後來的書名會叫《島鄉蔓延》、《胖靈魂》、《噪音朗讀》、《中間和許多的旁邊》、《買賣》、《飢餓》、《寡人》、《痛覺》等等充滿了憤青性格的名稱，都不是外在的壓擠，而是刻在骨頭裡屬於金門人才能深深感受到的怒和火和無奈。

如此當他受邀要出版這本截句集時，對他而言可說是輕而易舉的。當他說「左右眼是天涯／想見的人永遠忽前忽後」，他說的是金門人錯過的時機與多舛的命運。當他說「摟住病瘦年代的腰。高喊革命／在許多激昂輝煌的夜敲響幽沉的月光」、「昇華和浮華都在歷史的薄膜裡／惘惘小日子和大悲同鳴」，他說的是金門熱鬧與清寂的兩極歲月。當他說「頭一低。低過深淵裡的一部金剛經／有些人從繁華過後找到身旁的擁抱道場」，他說的是死與愛的內在感受，沒有人會比金門人體悟得更深刻。而他忽然說：

你一直想前進。想把頭伸往這國家的議題上
藉著粉墨登場的虛張和勇氣走出去
卻在每一步履位移往返高懸的虛幻跌落
這蕞爾島嶼。妥協和擠壓一行一行濺溼在你臉容

他說的又不只是金門，而是那些可以對金門頤指氣使的高位者和不相關的人，永遠可以任意擺佈他們的命運。而他忽然又說：

輕輕撫痛。言語已結冰
你把身子縮回去
頭低下去。直到看到自己是亡者
然後用你泥濘一生立碑

「泥濘一生」是金門人的典型寫照，活過中年的金門人其實

心早就死了，活著的是身體，留下來是為往昔的歲月立碑，許水富的詩就是他立碑的方式。

然而許水富消極的「胖靈魂」卻永遠是飢餓的，他不能老是活在「愛情無法庇護的人／更多是把痛當成自己的紀念品」的狀態，雖然「那些骨質鬆散的無聲句／那些高過名利的血壓」不時困擾著他，有時他也「偶而立志想成為世界手足的一部分」，那就像看到「一隻蝴蝶餓了。被繡在花裙上／紅塵喧騰。是否有多餘的鼓盪曠野／允許振翅」興起的期望一般，他更期待的是：

你搭捷運去探訪李清照
每一站都是百年孤獨的召喚和過往
你順著心路棧道。停泊在杜甫草堂隔夜
仰首照見一掬李白乾杯後的月光

然而這樣的清悠感畢竟得來不易，有時卻更期待陷入一種情感的曖昧狀態，就更貼近底層的人性：

我想你是我手心呵護過的青瓷
有時是流言。有時是花布衫鬆脫的裁尺
滴成痛。但飽滿亮晃晃的美
像抒情花蜜。肉食性的入世

因為在那裡，易脆的青瓷與易脆的愛與易脆的美與脆後的痛均是等值的，他的詩就刻在那裏，在骨頭上，在骨髓裡。

對許水富而言，他的詩，以至他的截句，其實更彷彿是：

像一滴夢。游過枕邊江山

像一滴金門、一滴美、一滴痛、一滴淚游過枕邊江山。而他的「枕頭」卻可以是任何事物的代稱，就像這本截句集從封面到內頁獨特風格的設計般，只是．一粒灰一粒黑竄出許氏大火山的一小塵埃而已。微不足道，卻有無比的重量和穿透力。

目次

〔截句詩選〕

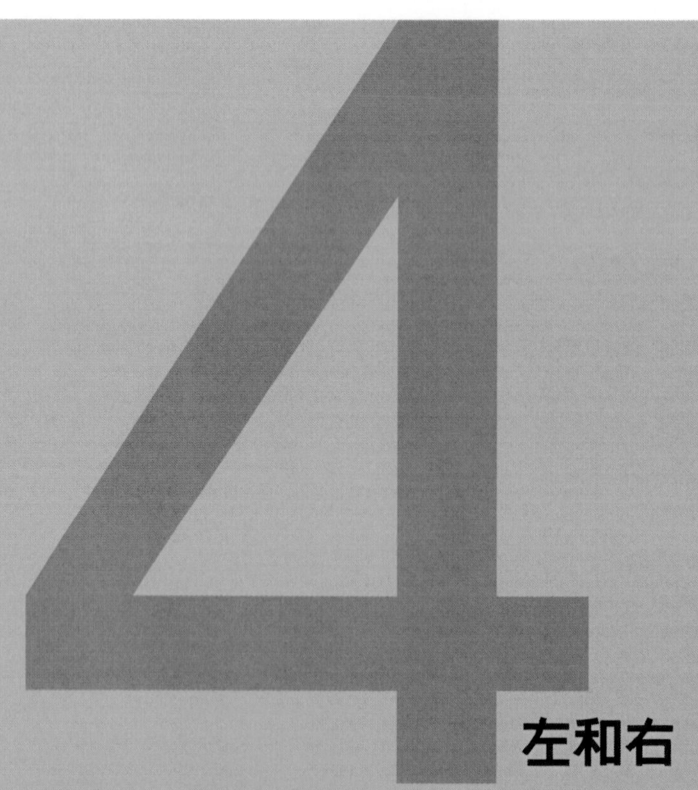

左和右

左右眼是天涯
想見的人永遠忽前忽後
像一枚多情背影
躲在思念的轉身中

〔截句詩選〕

春天私處

半弦月暈。貓和你的隱私
像放縱的世俗。一尾交媾奏響
我聽到萬物綻開撩撥的語詞
投擲嘩啦啦的引爆舞步

〔截句詩選〕

問路

你搭捷運去探訪李清照
每一站都是百年孤獨的召喚和過往
你順著心路棧道。停泊在杜甫草堂隔夜
仰首照見一掬李白乾杯後的月光

〔截句詩選〕

4 日常生活

昇華和浮華都在歷史的薄膜裡
惘惘小日子和大悲同嗚
十三坪的淨土獻上吹哨的幸福
不用偉大和歌頌。和路過的張愛玲聊聊天

〔截句詩選〕

問世

在相忘的口信蕩開輕輕掠過的寒慄
我來到淚痕高舉的網繆莫測
知道天涯分徑後。有秋風會吹冷
有世間人事會浮沉輪迴

〔截句詩選〕

4 寂寞剛滿

寂寞剛滿。三坪江湖闌柵
自己朗讀自己。身後那些走過的湘山楚水
綴滿問號的沉重繼承
像此刻六十多歲的後現代

〔截句詩選〕

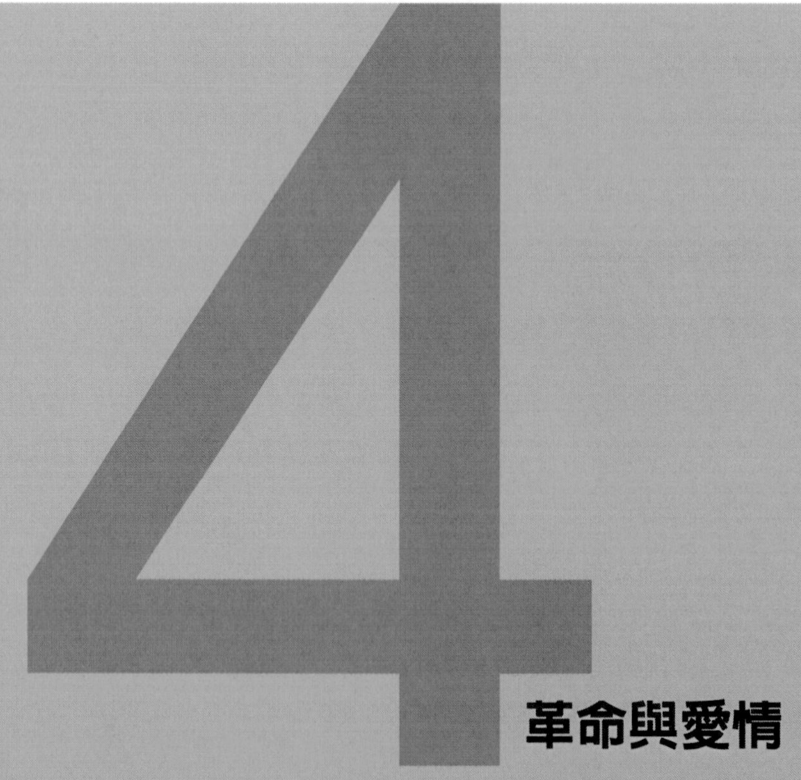

革命與愛情

參與口條輝煌的國家語彙辯證
一些些馬克思。一點點畸零愛情
然後摟住病瘦年代的腰。高喊革命
在許多激昂輝煌的夜敲響幽沉的月光

〔截句詩選〕

紅和黑的命題

猜不出你和三月的態度的關係
只知道你翻來覆去的紅唇夾雜著偏愛的命題
把簡單的一生添多了枝節
把倒映的自己暈染成熱鬧的黑夜

〔截句詩選〕

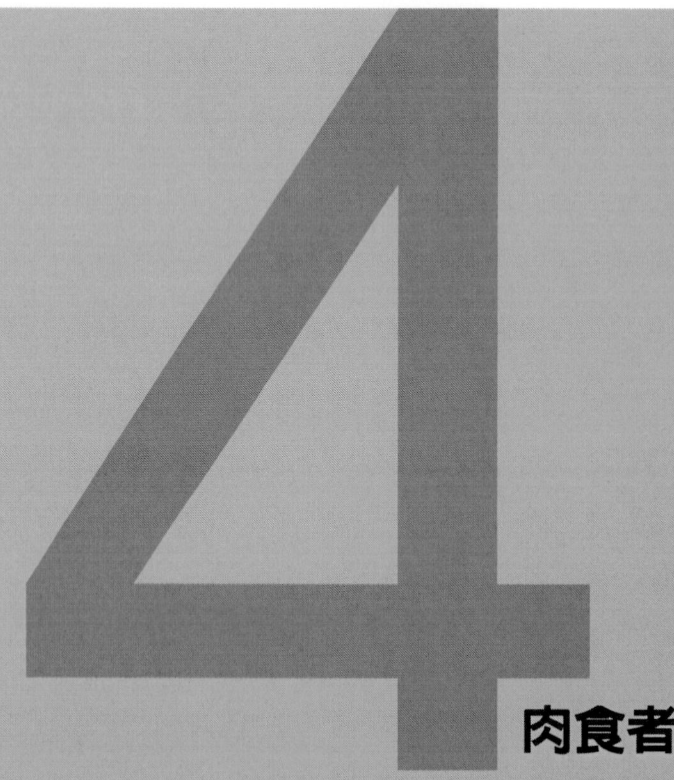

肉食者

我想你是我手心呵護過的青瓷
有時是流言。有時是花布衫鬆脫的裁尺
滴成痛。但飽滿亮晃晃的美
像抒情花蜜。肉食性的入世

〔截句詩選〕

4 貪戀

一隻蝴蝶餓了。被繡在花裙上
紅塵喧騰。是否有多餘的鼓盪曠野
允許振翅。允許孕出一樁春雷轟隆
在搖搖晃晃的三月。蛀空你的貪戀

〔截句詩選〕

早課

聽　早課在心田。涅槃正覺
四行短短的人生浮痕
雪融成耀眼的著火回聲
輕輕數筆。在轟鳴早春成仰讀熱淚

〔截句詩選〕

4 我的窮和你不一樣

你一直想前進。想把頭伸往這國家的議題上
藉著粉墨登場的虛張和勇氣走出去
卻在每一步履位移往返高懸的虛幻跌落
這蕞爾島嶼。妥協和擠壓一行一行濺溼在你臉容

〔截句詩選〕

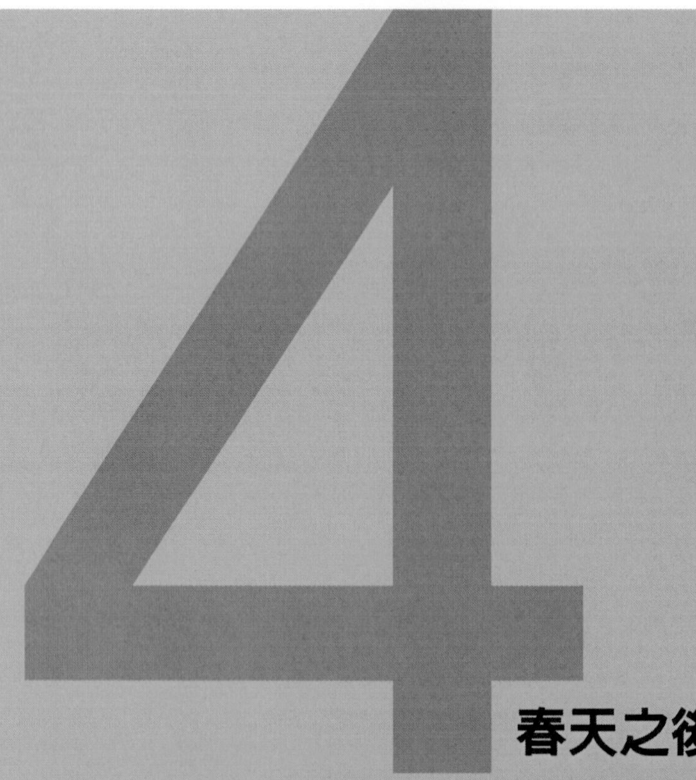

春天之後

前面有波赫士在世界隔壁撒下閃爍花語
後面有一群剪短髮的女孩翻牆和陽光跳舞去了
更遠的有剛發育的貓在屋頂擺盪引力的妄念
而左右兩邊季節笑聲正撫愛著你的還俗

〔截句詩選〕

台北故事

每個人的生活緩緩注入自己的風景位置裡
喜笑怒罵。我們同歲月交換美好
此刻。把想念的人寫滿清晰的名字
為今天遇到的浪漫耽溺輕撥心事

〔截句詩選〕

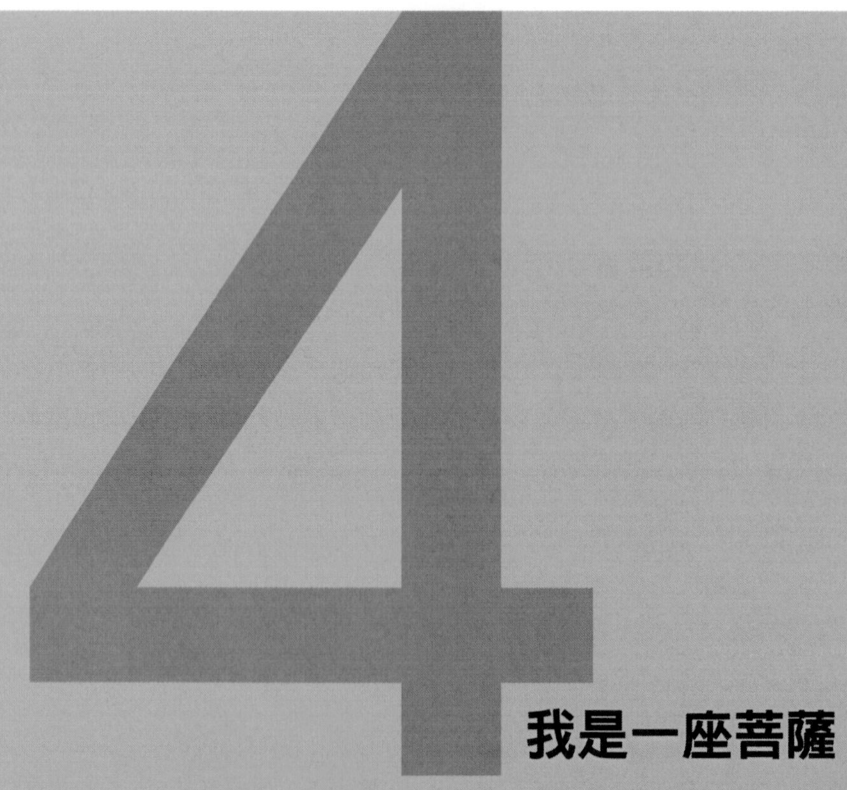

我是一座菩薩

我是一座菩薩。深居世俗
煎炒飲食男女和暢飲風花雪月
生命意義是苟活下去的偉大小我
世界惘惘茫茫都已成佛了

〔截句詩選〕

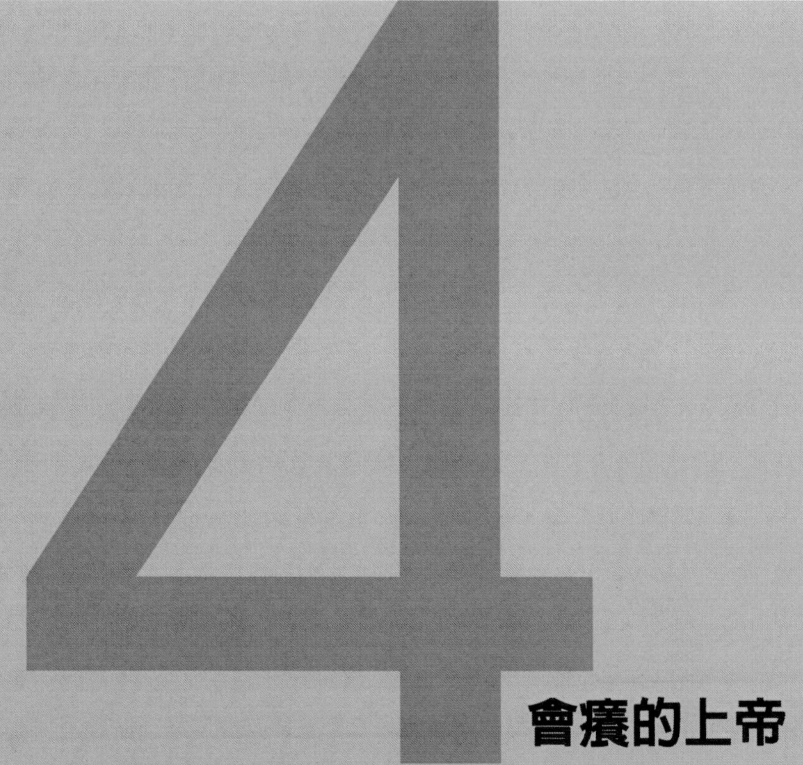

4 會癢的上帝

從髮梢流出一條支河。　空盪氾濫
等待雨林。簡單肌膚的靠近
閃爍的療癒。給我三寸陽光就好
迷戀潮溼和會癢的上帝

〔截句詩選〕

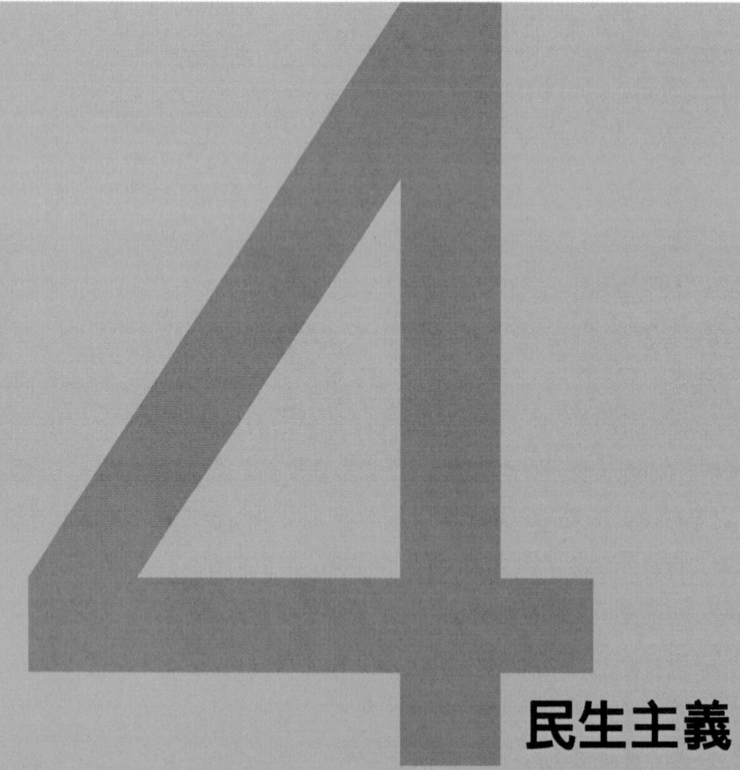

民生主義

頭一低。低過深淵裡的一部金剛經
有些人從繁華過後找到身旁的擁抱道場
時光如河流。在曲曲折折的心岸找出口
我只是一介小民。顧好自己的頭顱和肚腹就好

〔截句詩選〕

亡者無英雄

輕輕撫痛。言語已結冰
你把身子縮回去
頭低下去。直到看到自己是亡者
然後用你泥濘一生立碑

〔截句詩選〕

4 淪陷

異鄉成了故鄉。一個人的時間淪陷
杜鵑又再喃喃自語。思念你的眼眸
其實我是寂寞的。像列車無聲的情緒
蹲下來。　只能搔癢和畫一個圓

〔截句詩選〕

儀式

春天悄悄伸出害羞舌頭
沉默的舔舐我喧嘩胸口
啄像深藍湖光。　倒映隨波招搖的心事
於是。灑落的舊往成了濃縮儀式

〔截句詩選〕

迷人的發生

午後2時2分有疲憊的故事在發生
被身體質問過的情人們正在吵架
剛好我繾綣的一句詩被嚇醒
原來這世界仍有迷人的無言碰撞

〔截句詩選〕

網戀

這是第七代現行網戀
掀開頁碼像打開身體
用來託付終身。或一次的形而下
其餘的。　藏在會笑的酒窩裡

〔截句詩選〕

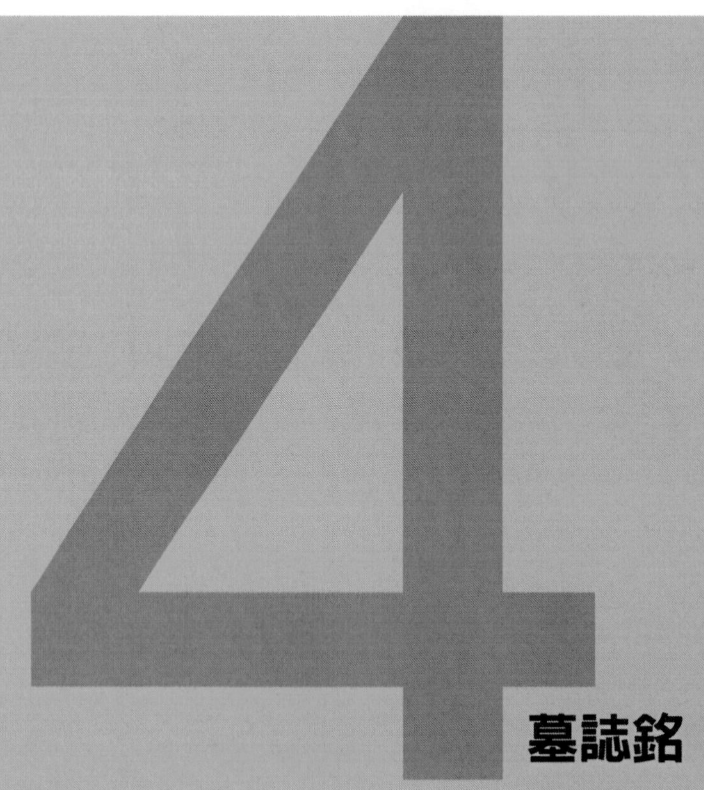

4 墓誌銘

1 一行的人生啊
留下塵土句點。
2 我是我的骨灰
任風雨吹拂成荒唐無有。

〔截句詩選〕

私生子

歌詞裡冒出詩的私生子
像有教養的字行崢嶸
起伏在旋律的節拍深淵裡
要找誰唱。那些高吭的幽暗

〔截句詩選〕

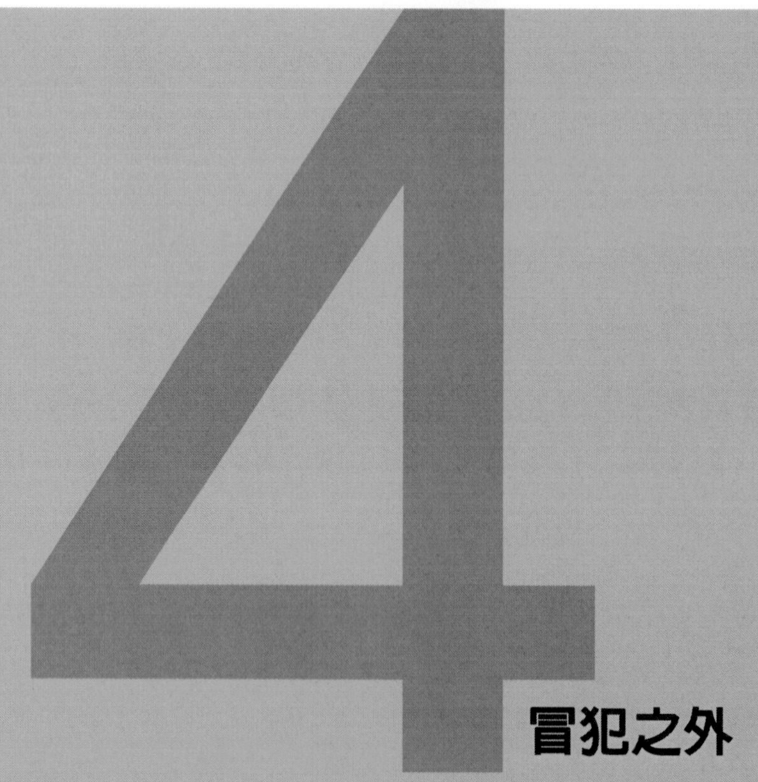

4 冒犯之外

冒犯修辭學之外的本體論述
一個弱者的語默。　荒謬自白
重塑手稿引擎的探勘。以小寫的謙遜
在暗黑的媚骨。取一勺微亮

〔截句詩選〕

病歷表

每個被載記的字都是站著
疲勞時會躺下來
並且出沒在病痛的幽暗處
註釋最孤獨的偏旁

〔截句詩選〕

人世角落

四天不刮鬍子
整張臉蔓延著東籬歲月
留下行色匆匆不在場的虛應
鏡前偏鋒裂隙漫漶

〔截句詩選〕

4 臉書江湖

頭顱滿滿是羅丹的頭顱
彷若一座座雕鑿的人像坐姿
沉思者沉思在手機下游的獨白水紋裡
聽一漥漥心事在臉書江湖起伏

〔截句詩選〕

4 空白答案

他們心中各有一把尺
量著與世無爭的小小答案
他們往往在考卷留下一大片空白
留給有心人去填寫

〔截句詩選〕

種田人

指尖縫隙有磨損的鑿擊
疤痕。像釘鏽圖騰
微微突出命運的反光
那是農耕下田的一尾草綠蟄吟

〔截句詩選〕

4 我老的樣子

我老的樣子。你一定認不出來
過去華年已成空洞摺角的段落
過去軀身已霽露出時局剝下的鱗片
過去閃爍已成書寫褪色的斷句

〔截句詩選〕

說謊者

我想撒謊。說些真理給世界聽
我想從梵谷左耳抵達自己的說謊右耳
我想在　一行詩找到黑暗照明
我想從肉體輾轉中昇華成異教徒

〔截句詩選〕

懸念

眉目是小寫。漫開微微的信史
在你容顏斷句　微醺的寫實裡
流轉摯愛。在髮梢紛飛的雪夜
聽月下顫落一滴滴的懸念

〔截句詩選〕

復古的愛

甜甜圈的笑聲
在肉體的夜撐起一縷縷漣漪
想到台北。手工食療的熬煮繽紛
我們重新練習十七歲的復古發音

〔截句詩選〕

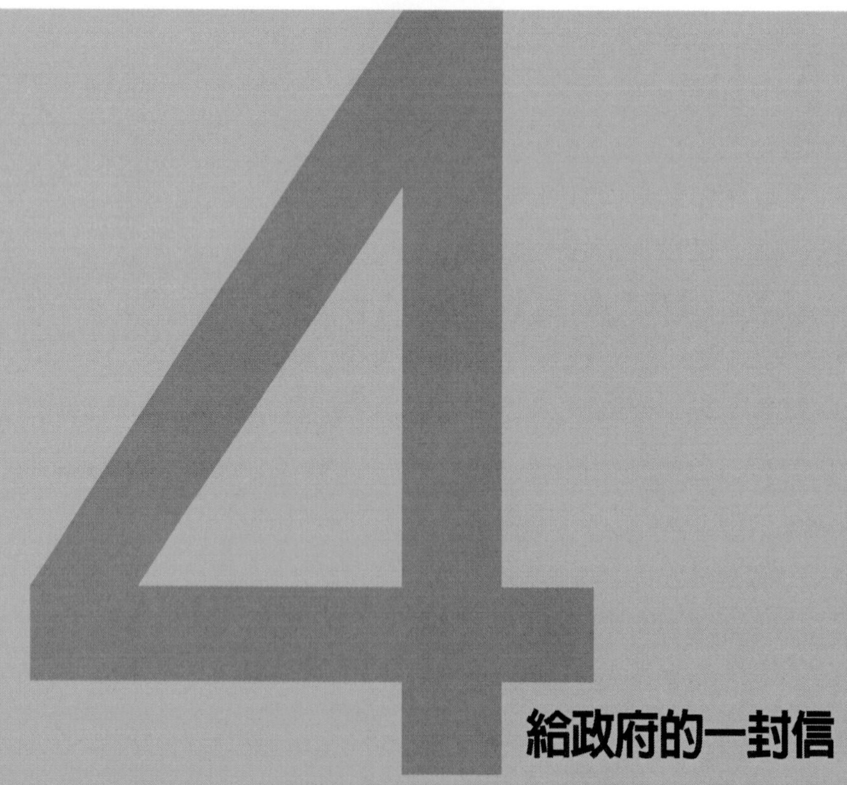

給政府的一封信

紙鈔裡的那四個孩子們
一直不敢長大。一直在張望自己的未來
而世局和政府又一直搖搖晃晃
口袋老是沒有肥沃的經濟收成

〔截句詩選〕

訪友

在前往人生的閘道中
亮燦勳章和功名均輸給了歲月
有人在嗎。你挽著寒風瘦雨的身影踱步而來
像老派的優雅。點頭就走

〔截句詩選〕

擦過

牆垣裡聽到拉扯的小草詞彙
嘰嘰喳喳滾動簡短的句句身世
它們以水露或偶而的雨滴活著
在路過一株不知名的草葉撥動裡問路

〔截句詩選〕

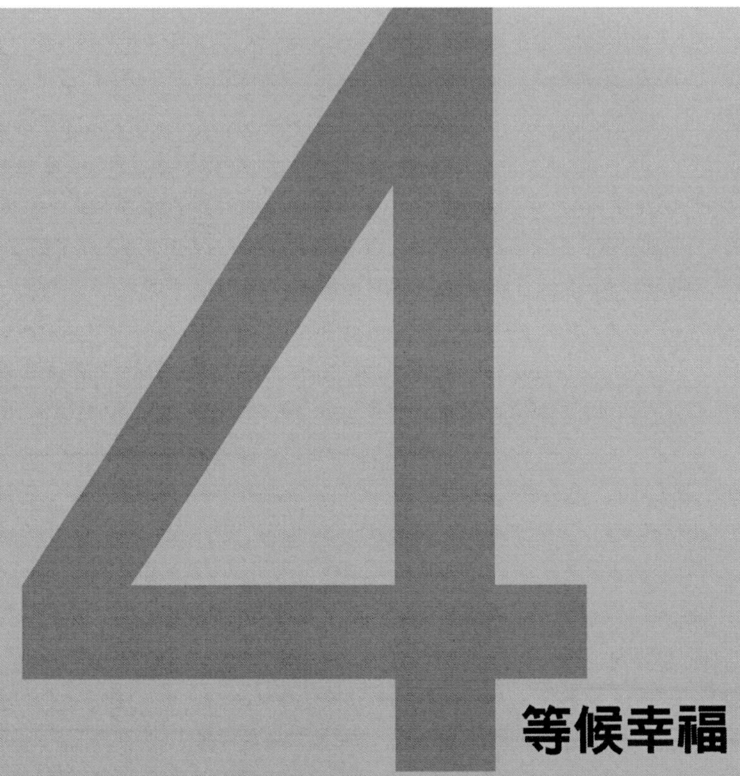

等候幸福

準備剪一裁尾翼的笑聲掛在衣架上
等明年雪落滿溢的句句回應
一起想念從前的今天
一窗風景的等候

〔截句詩選〕

召喚

我可以在別人的角落發掘燎亮的樣子
我可以在早熟的踐踏學會結紮傷口穢咒
我可以在傳說中的孤獨陳列偉大的名字
我可以在老舊風雪日子看見浩瀚平野草原

〔截句詩選〕

4 抵達

每站都是眺望的鄉愁
像熟悉的父輩穿梭在人群裡
月台叫販飯包的巨大聲吶
在飢餓邊緣敲著哀怨的雙簧

〔截句詩選〕

4 情緒主義

有人低首滑開手機下游的夕日燦陽
在蜿蜒巷弄燃起一根根有情緒的菸
想分配一些現實外的片段確幸
偶而立志想成為世界手足的一部分

〔截句詩選〕

4 初啼與啓示

一條牯嶺街的迢迢行旅
初啼了慢慢長大的現在樣子
或許只是一本禁書。盜伐未知
或許只是意識形態的正負糾葛

〔截句詩選〕

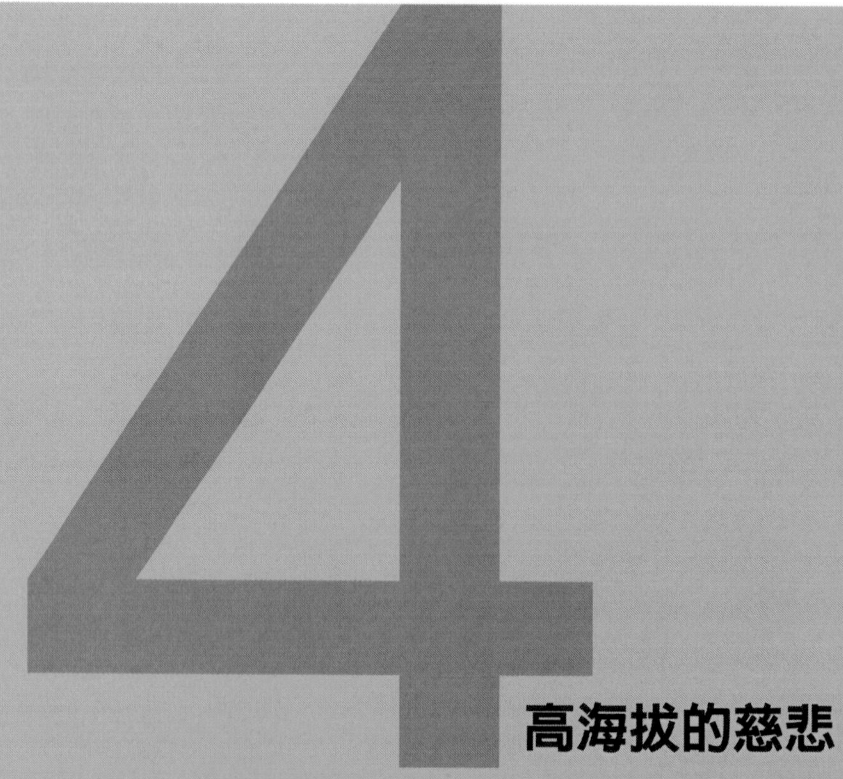

高海拔的慈悲

街巷初啼晃動。星期三
遊民是最小單位的小數點
有些是政治。愛情無法庇護的人
更多是把痛當成自己的紀念品

〔截句詩選〕

扛太陽的人

老農赤腳扛著太陽
步履傾斜。抖動軀身的陡峭
早出晚歸種下五穀雜糧的希望
七月之後。汗水淋漓在背脊滴滴滑落

〔截句詩選〕

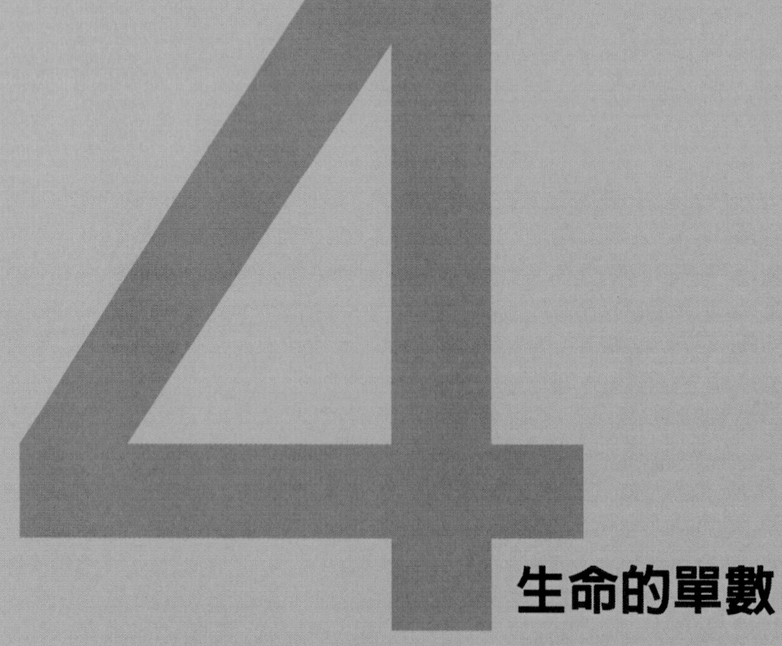

4 生命的單數

撫摸　川久保玲燃燒的瘦
然後對準鏡子。看看依然衰老的樣子
在偏執的自己。單數的個體
你將發現生命一直在捨棄和分離

〔截句詩選〕

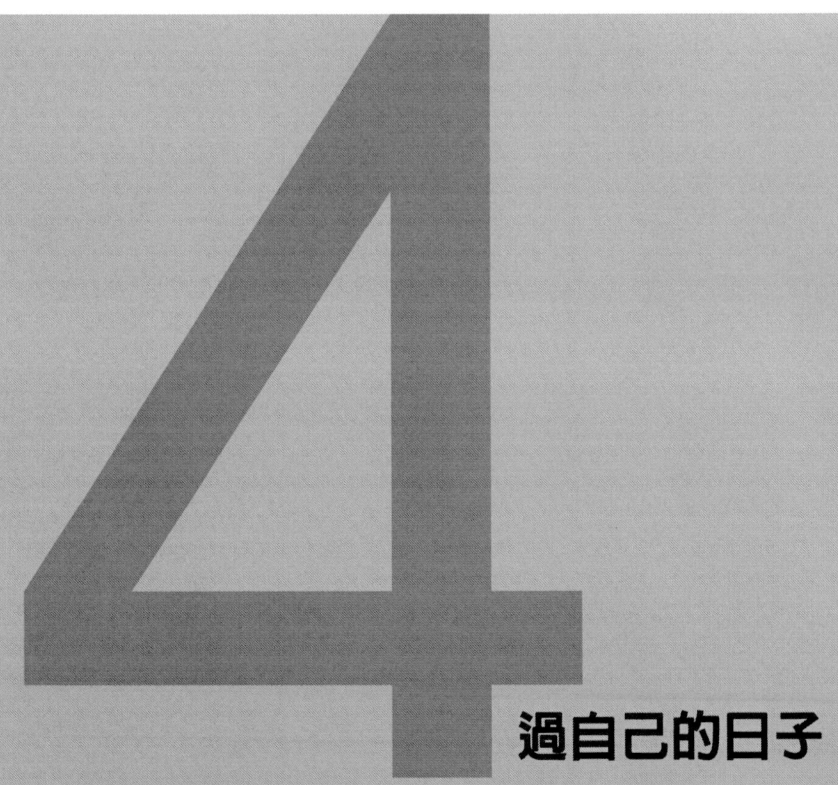

4 過自己的日子

半個暖日片刻
我們亮起放空話題
沏壺東方美人。一碟非脂肪酸豆
聊聊人生佈道裡的長嗚

〔截句詩選〕

4 重生

我們處境。一杯咖啡的微醺
老日子裡的一人份孤獨
不多不少。時空交錯都是世俗拖曳的黏稠
口腹吞食。重生不斷的三餐答案

〔截句詩選〕

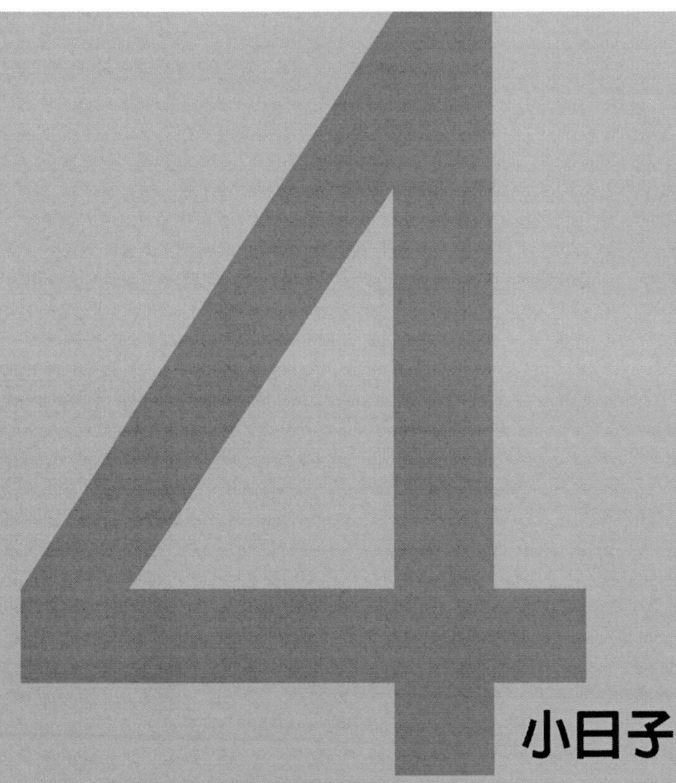

4 小日子

小日子。引蝶款款的初醒午後
門庭盛開的混聲桂花
有一則消息。暖冬洩露的小寫
像流質的心流回青花瓷的泊岸美好

〔截句詩選〕

4 舔

在白森森瞳孔世界穿過花香聲音
聽你閃閃時空的撥動
舔著想念。一瓣瓣不眠的探問
二〇一八。深雪後你是否依然有繁花的和弦

〔截句詩選〕

4 達利的時間

轉角就是骨質疏鬆的冬天
陽光一直躲在黑暗裡
過境中。撿到達利的滑落時間
一堆黑眼圈。沒有名字的手臂

〔截句詩選〕

善念

一個人的放縱履歷
適合寫自己的盛世
千百回的人生功課已簽收
剩下練習安身善念

〔截句詩選〕

4 著火的時光

寫字和仰望。指尖燃著火
黑暗裡有一個巡逡冷僻的的我
承載歲月鬆動的逆向疾馳
在輪迴復沓中。我老了

〔截句詩選〕

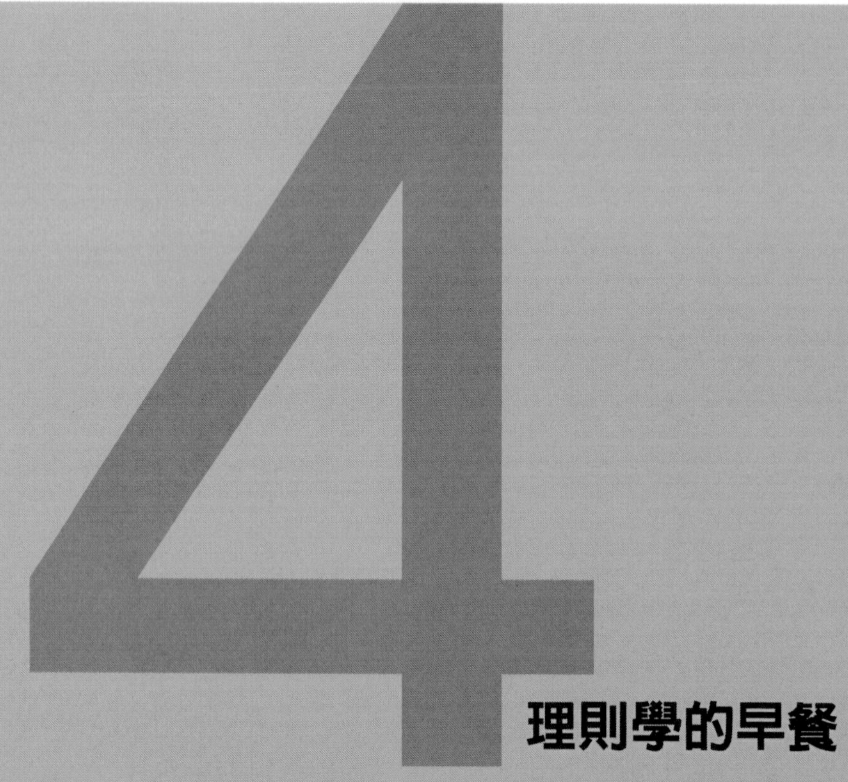

理則學的早餐

躲在一首汪峰的春天裡
曬曬單眼皮。安撫長繭的靈魂
一碟左派核桃和豆腐乳
默想這就是理則學的景觀早餐

〔截句詩選〕

4 心經旁白

冷是慈悲。冷是白的
伏案在夜的橫渡聽心經
緊閉唇舌忽然喃喃有詞
像一滴夢。游過枕邊江山

〔截句詩選〕

4 無性別的夜

來到滿屋都是王爾德的酒館詞賦
冰火現身。一場知識分泌的對辯出竅
於是。我懂夜深的台北正在竄改現實
於是。侍者遞來一杯濃密無性的海尼根

〔截句詩選〕

4 今天是昨天的歷史

那些骨質鬆散的無聲句
那些高過名利的血壓
他們偷偷的參與我們的偉大
而後。寫下狂草的搖身敗筆

〔截句詩選〕

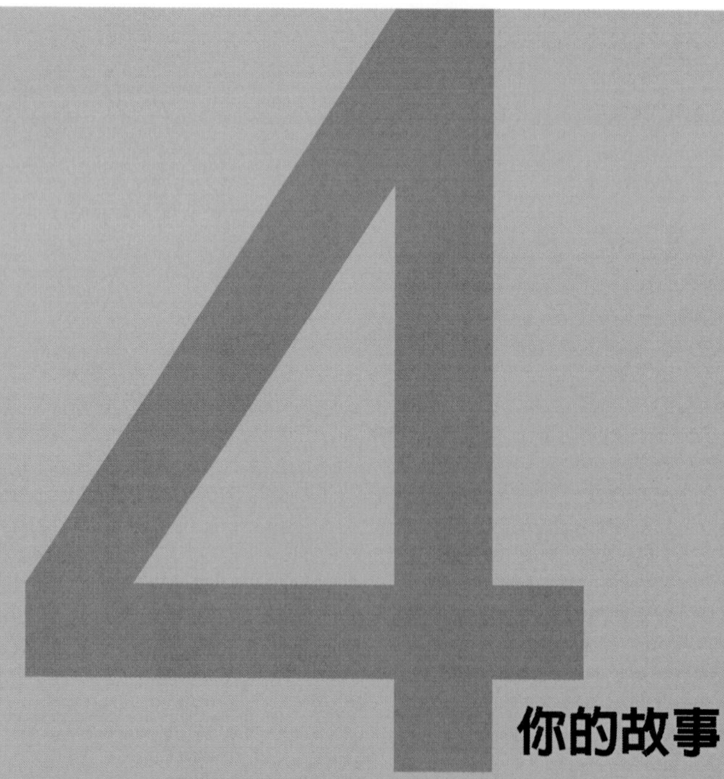

4 你的故事

疼愛的人。丟在一瞥眸光的瀟湘
折起小步。聽流淌頁面的字痕
一筆筆空白站立的想念
像夜的細節。有你的故事

移動

有被叫出乳名的童年
有一字一句的叩門迴響
靜靜的。在風月妥協裡包紮
靜靜的。在晚燈下讀一箋小詩

〔截句詩選〕

攀爬

在父親　沉重的家鄉裡
太陽歪著臉。黑夜始終霸道而裸露
一場身世。一齣蹣跚的踉蹌閃光
父親馱著洪荒世界前進

〔截句詩選〕

4 伸展台

在胸口種下毛邊的縐褶抽紗
黑白如班雅明。病的氣質
這男子有鵝黃色的傲慢和靈魂的瘦
在一公克古柯鹼的慾望走伸展台

〔截句詩選〕

奔馳

滿杯風潮浪濤
疾疾而行的啼聲徹響
我只是縱橫的一行句式
朝你的日月疆場奔馳

〔截句詩選〕

徐志摩的愛情

十二月桂花偷偷的綻放
像未亡人。膠著晃動的聚散
於是。我再次燃起一根菸
用裊裊的濃霧忘記你

〔截句詩選〕

4 複數的唯一

在許多的我們。我是單數
歲月是加。人生是減
在統計學裡我是不及格的唯一
被當掉的時間。剩文字收留

〔截句詩選〕

偏旁的笑聲

一勺笑聲。醉的偏旁縮影
湛湛杯底的盤旋處境
有毛茸茸人生。沼澤其中
我聽得咽喉深邃裡的黑

〔截句詩選〕

長夜

你異質自負。讀自己的長夜
緘默中指涉可以穿越的圓方
半個轉身。悲喜如一截宗教
那燃亮的火正吟咏讀過的一則風月

〔截句詩選〕

眼瞳呼嘯

遮上笑聲。　貪圖你荒漠眼瞳
像無表情的棲息地表
凝視你繁殖出汗的身影
有雀斑記憶。入侵心肺

〔截句詩選〕

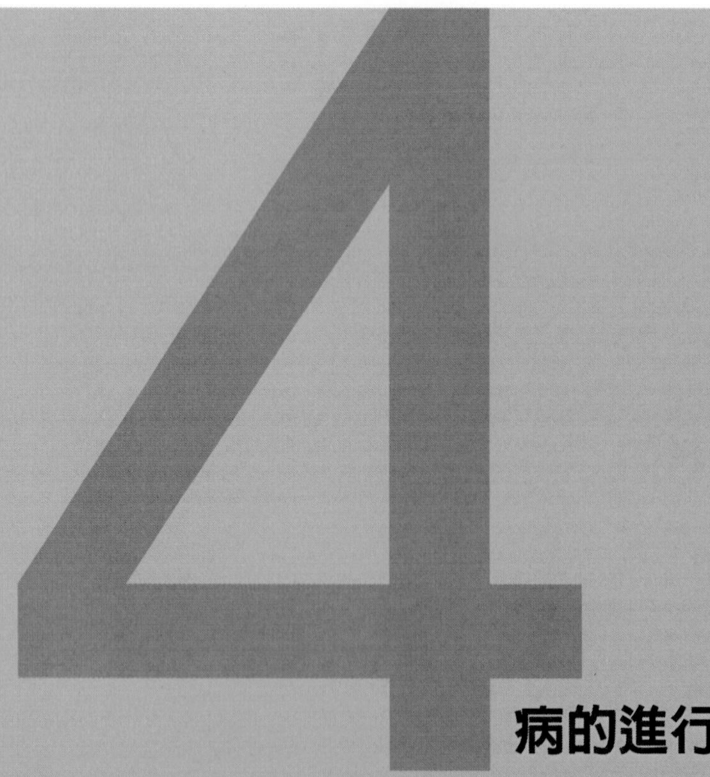

4 病的進行式

讓內分泌靠近四十七歲的韓愈
用身體的毛病看顧字句
我說。病是一種綴合和治癒
文字習慣在昏睡中進化成形

〔截句詩選〕

方圓數理

從臨碑而豁然。而自得而有天地
你寫書。象通於萬物之形
你臨水照影看到永駐的人生數理
其實字法體態乃是筆姿衍生的方圓

〔截句詩選〕

前世悲喜

看你笑的樣子。像離騷
就此。在因緣前世的岸界
風雷翻湧。一記眼眸詞彙臆測
猜著我們依舊波蕩的幽微悲喜

〔截句詩選〕

蒼茫成雪

暮色已鈴鐺。　聽豪飲島腔濤濤
一杯是蹤躍。再杯是征途跋涉
只為你溺成蒼茫的一滴雪
獨酌。這低過鬢白的身影呀

〔截句詩選〕

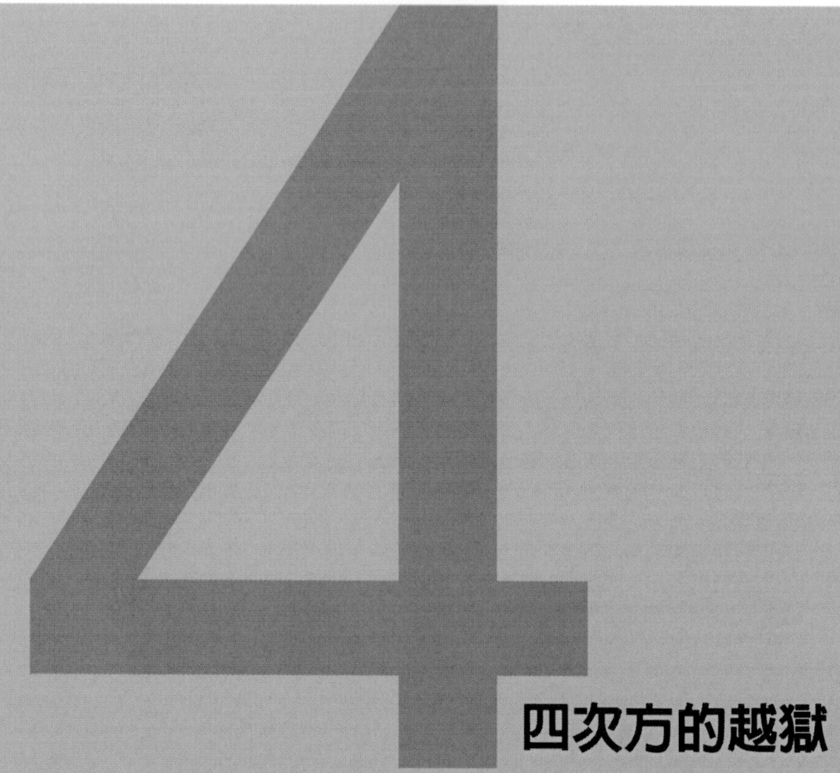

四次方的越獄

字粒的四次方。　自心牢越獄
瞞過今年冬雪冷冷茫蒼的鋒利
寫出破折號的吹嘘引擎
向世界解釋寂寞。遭遇。以及蜷伏

〔截句詩選〕

第七行語彙

一刀切入。夜滴著光
沿向第七行風景徒步問路
迴旋都是解釋學的盡頭
你翻身來到童年最乾淨的語彙

〔截句詩選〕

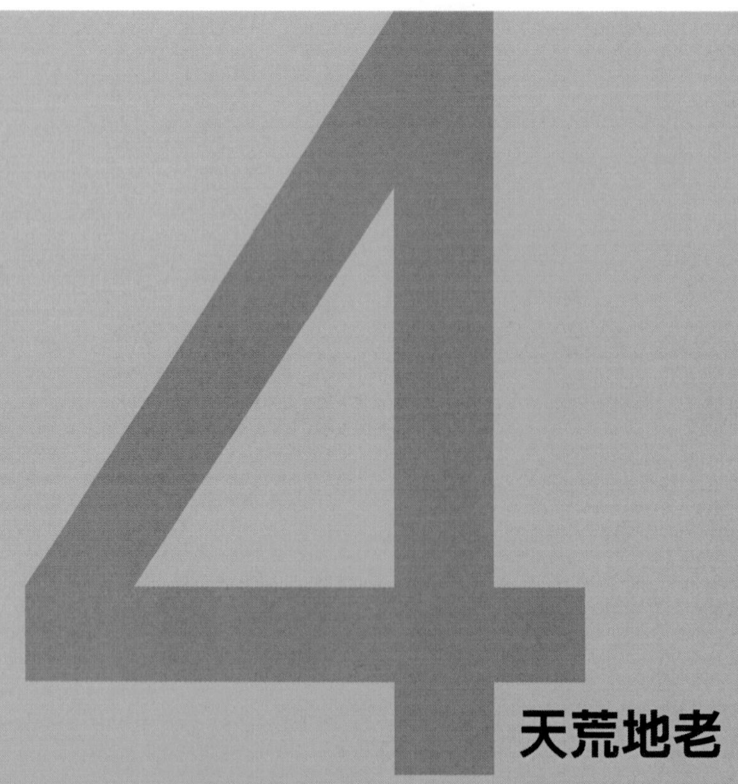

天荒地老

一個人一面人生就可以天荒地老
時間　頓時搖出撲面水聲
允許荒誕。你閃逝的晚春託辭
像幾滴蝶鳴。竟也是紛紛的夕日

〔截句詩選〕

4 出走

想念一衣帶水的鄉里景象
路過的都沒有名字。沒有嘩啦啦的叮嚀
書頁夾雜那年離家的雨聲
鎖骨。弓背。你背影的瘦金體

〔截句詩選〕

剛好

到善導寺祈願中樂透剛好
走一趟　三分鐘的牯嶺街剛好
用不多的時間出訪唐山書店剛好
喝一杯公園酸梅湯剛好

〔截句詩選〕

4 日子風景

雨季終於笑出聲來
半個暖日片刻。端坐
我們晾起放空話題
你還好嗎。你過得如何

〔截句詩選〕

想念大姊

妳不墜的肩扛著生活容量
在一生如浪的旋舞活著
以時空。以魚量。以笑聲回答自己
像妳生前搖出水聲的船槳

〔截句詩選〕

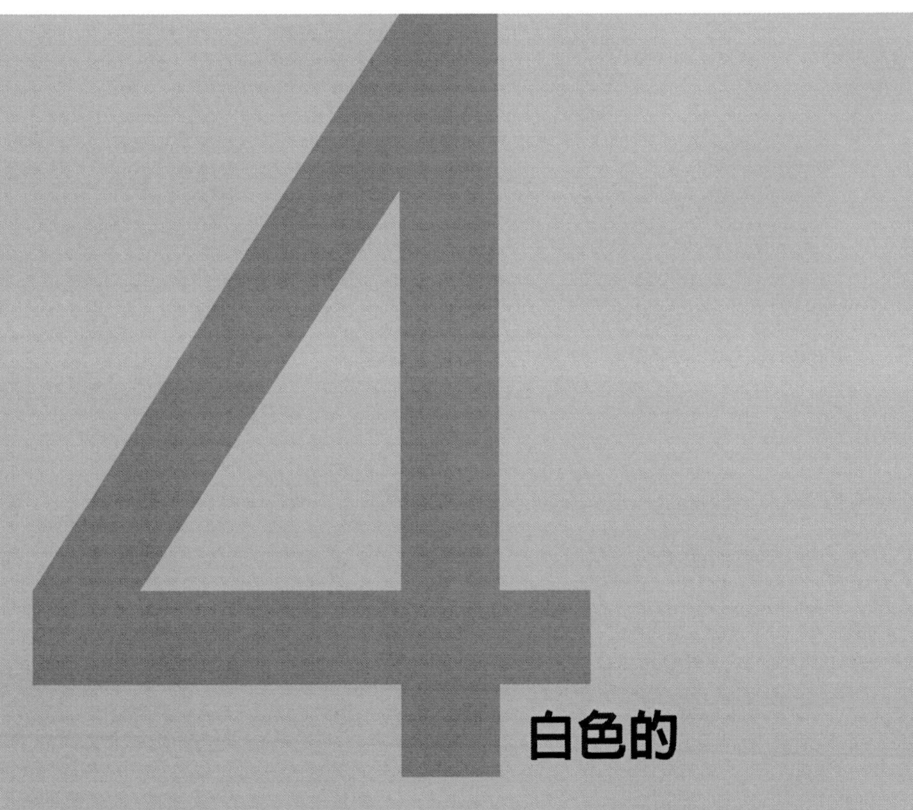

4 白色的

白色人生
白色死亡
白色病歷表
佛說的空界

〔截句詩選〕

死亡如昨

你想要一座墳。刻著笑的字
像前年去過的夢有一個死掉的我
它化為再生的一口雲煙
供在峰頂。給有信仰的人

〔截句詩選〕

4 水月無邊

只為聽妳月下那來回的木屐聲
想念就燒灼整座的心
像萬紫千紅的幽幽從前
一眸妳身後倒影的安頓

〔截句詩選〕

4 日常與偉大

你在光與暗的世界灑下油彩
你可能是畫家。叫不出名字的畫者
你在滑溜梯看見生命速度
你可能是哲學家。最日常的孤獨人

〔截句詩選〕

愛的流亡

或許是鹽。或許是相脈的謎題
在斑壞日子裡寂寞而流亡
像許多的愛沒有光合作用
像脫落的鏞不適任

〔截句詩選〕

4 慢夜

斷弦。殉情。被修繕過的慢板
夜晚我聽到更為搖曳的一棵小草
一種趨近飄泊的歌
在家門口點燃稠稠的耳語

〔截句詩選〕

4 假設

句句緋紅。　千百次的敷色
我們之間流傳未命名的晚香
像潦草亂舞的蝶翼
一針一莖繡在五節芒的幽幽髮霜

〔截句詩選〕

家書

家書是一行行的凝固
家書是一行行的滄桑
家書是一行行的尋覓
家書是一行行的擱淺

〔截句詩選〕

模仿信仰

掃描我信仰的主義
像七月革命。身體搖擺著鼓聲
在老去的夜晚海拔
我模仿左翼。　住進你胸口

〔截句詩選〕

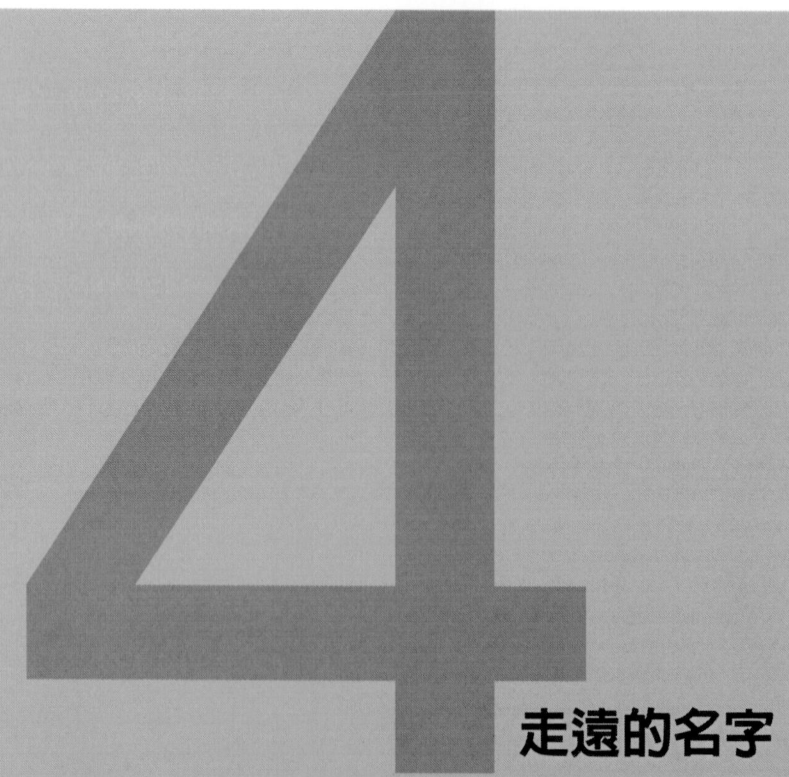

走遠的名字

一截炊煙。　哭聲。以及阿兵哥
我們把一堆的青春遺忘在山頭
而五十年後轉身的寂寞
回家竟被雨聲叫醒

〔截句詩選〕

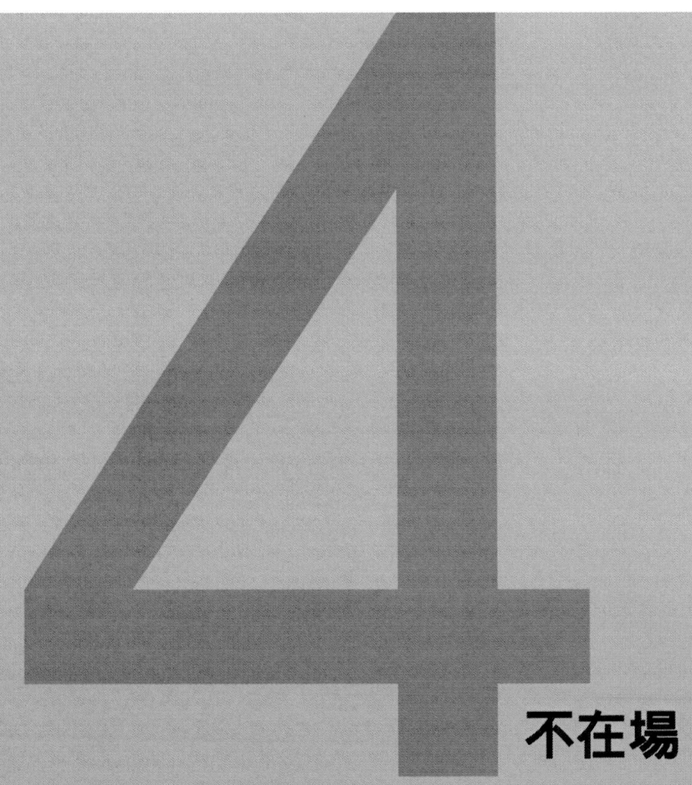

4 不在場

慾愛板塊。擎起腎上腺
金屬　浪聲像無政府
我只是路過人生迷路的一小段落
遇上月蝕。以及不在場的證詞

〔截句詩選〕

旺季慾望

把昨夜過量的夢擦拭
等今天旺季來臨
一杯突尼西亞咖啡和聶魯達
左邊夾雜誤闖的慾望動詞

〔截句詩選〕

默片的癢

你用大口的酒巡梭我的愛情
沿著我肚腹散步
凸出雨聲和笑
像默片的癢

〔截句詩選〕

4 交媾

只為肉身的信仰
我模仿碗和湯匙的交媾
試圖在看不見的地方
找一塊睡過的溼地

〔截句詩選〕

活兩次

像母親。短短五根的手指
拉拔一座山的高度
只是四公分長的詩呀
你讓我活過兩次

〔截句詩選〕

4 疼痛

貓和石黑一雄辯論一場玩的戲碼
十月咖啡正呼應午後的冷錮
寂寥而疏離的手稿世界裡
誰會讀艾莉絲。鍾理和以及柯旗化

截句！

演出

116

頹廢而疼痛

● 在自己的風景圖謀咀嚼的激情
陽台夕日。　眺望很像晚宋的那個年代
我喜歡揮霍而頹廢的疼痛
心想在荒遠的人生還能看見契訶夫

117

一天
的　日記

●樓上住楊牧。樓下賣包子
一條街的紀念日就繽紛起來
早餐有豆腐乳和布拉格
幸福就開始動盪·

118

遠方的虛無

● 抽根菸像美術史雕像
滂沱故事。分針一直向下
上班下班。捷運。一隻鴿子的遠方
王尚義和海子的季節

119

寫信
給　你

●寫首秋天的詩送給你
習慣手寫。　吞吐字跡中的呼吸
大口大口唸著燃燒旋律
獨白沉醉。這眺遠的荒界

120

過期情人

● 溼答答的月色
所有的傳說都被淹沒
月餅也過期了
情人留下半顆心就走了

121

雨聲題辭

● 害病的十月
長出一膛草草題辭
雨聲慢板
在門庭掛上寸寸叮嚀

122

字句哭聲

● 一字千秋。我便
闖入一座座聳嶺
如孤狼。嗥月對視
句式哭罄

123

一直 逃 亡

● 喋喋不休。放生。反共抗俄
尖尖的男人。幹。砲聲
石室。碉堡和死亡。
開開關關的烽火。　洛夫。管管

124

一切 都是 歲月

●路過你路過的路
蹣跚你蹣跚過的蹣跚
白髮你白髮過的白髮
這一切都來自你歲月過的歲月

125

副作用

●黑膠唱片落枕年代
口袋。一座男人命運
年齡是美術史雕像
龐德故事。分針向下

126

告別

● 有些被折疊的深情迴旋
像九月無眠涉過的一首詩
踩在入夢擱淺的夜航
留下未完的句點像告別

127

錯身追問

●湛湛划出你舌尖繞行的穿越
在彼此錯身幽暗中追問
你骸骨重生有否尾隨愛戀的岔歧
為我們繁茂一個渾圓的前世

128

肥腫的想法

● 夜晚太肥腫了
我用一把火溫烤一些想法
偷偷的把乳房　塞進去
把你的想像也貼上去

129

有鬍渣的夜晚

●我又來到滿臉鬍渣的夜晚
輕敲入暮空門。　步履和回聲
啊。你的花甲。我的羞色寂寞
我們剩下繳費單。隔夜日子

130

呼吸

美　好

●不斷伸手向鏡子討回自己
不止一次。我藏在今生的某角落
緩緩的走入末世。像夢
在每一瞬的離開和停格之間

131

遺言

- 一錘一錘敲擊成形的墳塚
  放下攀爬的蹣跚高聳
  就讓七行矮小的墓誌文入列
  為自己的　落月王朝摘得滿天星斗

132

寫信給你

● 告訴你　時間水位已漲滿夕陽腰身
一字一個春秋。彷彿今天是一生
如何安頓這闖入逼近的下墜動盪
回來的人。引頸伸腰沾滿雨聲鹹味

133

強迫症的對話

● 天命指涉在宇宙之外
浩瀚心事像楚辭
滴滴答答敲著照亮虛實
這是一種接近強迫症的對話

134

存在主義的午後

●陽光孵出軟暖午後
我正研讀符號學的指涉
一杯咖啡和破折號之間
哲學不過是如此而已

135

植物學的單身愛情

●落葉正進行季節交接對話
這條巷子一直是單身的
像過期愛情
我試用植物學去詮釋

136

革命份子與愛情

● 整整衣領下墜的扣子
學學革命份子的沉默表情
寫首詩給愛你的人
在靠近春天的淪陷區

137

叛逆 剛好

● 一些些叔本華的碰撞
一點點翁山蘇姬的悲憤
加些冒泡可樂和甜甜圈
週末寫詩給政府

138

不景氣的余秀華

●九月暗室。想念不景氣的余秀華
草原三呎高的人生阡陌
夾進一枚凌亂的日落
像陳年沉墜的病

139

油漬漬的笑聲

● 油漬漬的笑聲
我們的關係一直在打嗝
像吹口哨的十七歲
在濃妝豔抹的眾說紛紜裡

140

盛世

● 荷包蛋像滿月
邀來李白對坐
我們缺了一瓶58度
以及一個恩典的盛世

141

社交 儀式

●等很久的深夜食堂
你單身路過
撥弄晚歸的嫵姿羞色
像我們寂寞的社交儀式

142

很

窮

● 幾句貧窘依舊人生
吐在詩箋角落
平平仄仄都是時間皺紋
像我剛活過的昨天

143

社會學的邊緣

●水深火熱的社會學
習慣在黑暗中發表濃郁的理論
那些難於啟齒的蜷縮姿勢
橫陳躺在靠近政府的邊緣

144

練習 告別

● 仿古的藍
飛入上紡的蝶
你的風衣就有了遼闊
像荒漠中的轉身

145

紅色的夜晚

● 喜歡紅色　像疼痛愛情
如出汗的春天原配
頭皮屑很多的夜晚
闖入有潮汐的蔚藍胸口

146

傾斜

●九十三歲的星期一某天
總是擰不乾的傾斜
一直到落日看不見自己
驚駭的一生才把姿勢端莊起來

147

幸福違心論

● 幸福是違章建築紀念碑
吐司烤成硬硬的理論
革命剛完成糖和醋的猥褻
一隻螞蟻繞過自轉等排隊翻身

148

華麗的沉默

● 荷爾蒙剛滿月
我的關節長出汨汩小蕊
九月應景的下雨天
有人在窗外敲響華麗的沉默

149

無政府論

● 今天無政府
咖啡可以加味精
早餐的兩國論
貝果和貝殼

150

完美的

漂流

●接近雨勢完美的漫開漂流
斑馬線一條條刺青在路面肌膚上
有人在驚駭的速度圍籬慢走
想念張雨生。　在很遠的轉彎角落

151

白色之後

●幾滴秋意在庭院發芽
其中枝枒也長出啁啾鄉愁
我知道若再有一次的時間翻轉
白的會更白。寂荒的會更寂荒

152

宇宙論的行列

●時針分針秒針排成葬儀行列
沿途只有鄙俗的喘息和沉默
所有哭聲都只為自己的告白而喃喃詠嘆
沒有人知道他們為什麼要繞著圓圈送別

153

平庸與偉大

●阮藉的笑。李白千杯的醉月
九月初的邊界啊
黃昏擎高一盞晚宴的燈
叫喚奔忙於生計的你。請進

154

寫詩的人

● 有人踩著輕風脈搏前進
八月的二十四天的最初
途經這晨光的都是詩人
他們把出走姿勢漫開成美麗的密碼

155

酒醒

何處

●問酒醒何處
莫非鄉關多情苦
你未及參與的空月滿徑
聽得天井一片花弄影

156

慾

● 我彷彿聽見你從天河走來
撒下一瓣分泌細胞核的花蕊
像胚胎。碳酸鈣。以及輪迴
拖曳著我們近身的疾馳

157

一切

虛無

● 為偉大者而哭
因為他被收編成歷史
為感人的歌聲而哭
因為他挖走我的心

158

過境的一則典故

●晨光過境。蹲在書寫字行部落裡
拎著投影的信息問路
在未受孕的句型肉身參與光榮
添加沸騰。傾斜。以及華麗典故

159

五號 情人

● 小夜。透出轟鳴優雅
五號香檳。呼吸急促的病
你花襯衫有一截破的故事
背向風皺的叫喊。傳說

160

左派名字

●在縫補蹲伏的轉身。　火的表面
一個浪人從世界回來
點燈。褪去狐臭江湖
給自己一個矯情的左派名字

161

現在和從前

● 我哈菸。看黃昏的演奏
陽台遠方有一朵雲在寫詩
時間忽然衰老了下來
二〇一七。我沏泡的茶溢出淚水

162

● 在夜的脈搏拐進糖份剛好的胸脯
追索愛情的分泌及議題
緋紅的唇舌還來不及教養
我們就掀開了熟悉的暈眩

163

滄海

● 像闕詞幽幽吐出
十三夜。有未乾的青衣羅衫
在門外吹亂了一枚秋月
等你。我們小小的滄海

164

火殤字句

●窗外哄哄鬧鬧的陽光旋轉著
我用一根菸書寫陡峭高溫的遺言
像熟透的銅。燒灼的字句
被烙印在怕燙傷的年年月月

165

老 鄉愁

● 忠孝東路。八月張狂的災熱
我造訪被時間覆蓋的歷史場景
一章一頁索尋。美麗而騷動的座標
彷彿是自己生命異端裡的一幢鄉愁

166

死訊

一則

● 金屬時序的液體天侯
地表軟化。世紀語言瀕臨失控死訊
與天爭領空。與地瓜分國界地域
人類執意以開發競技為名

167

紀念那些晚夜的呼嘯

● 我想寫一首歌給李雙澤。巴布迪倫
擦去過於喧囂的粉墨掌聲
那些年。無悔的命運和執著
我試圖為你們備用微笑和孤獨

168

過生活

●我們來玩玩這個世界
停止傷感。養一隻聽話寵物
像竹林七賢。躺在歷史原點
不滑手機不看電視不敲電腦

169

妓女與哲學家

● 你的名牌和思想遺失在夜店
學術派別依次坐在咖啡館
一切像露宿在孤獨的曠野版本
我看見妓女和哲學家在討論人生

170

聽

泉

●千水磨心。　敲落今夜一闕清音
誰在濤江之上偷取翻盪的伏流
是　你引弦踏過泉脈律動
像奏鳴的念珠。撥弄雷雨姿勢

171

夜鳴

● 我閉上過時的眼瞳。聽心經
時空是海。生命來到虛無的水紋
不再年少的夕日尾聲。　忘記了貓的夜鳴
來到潑墨的搖曳。像捻珠散落

172

盛名之後

● 風月之上已是詞義荒原的輪廓
位置。盛名。以及鋪展的姿身
求盡而徒勞。　無功而困乏
這是日常生命藍圖的遷徙和重劃

173

史記 菜市場

●語言削弱的菜市場　蹲蹴著句句陋室銘
平平仄仄啟程開示都是汗水抄寫的心經
展示活口。人間最耀眼的史記
在眾多茂盛辭章裡

174

白描 生活

●簡單的下午。　正正方方
像兩個口的回字
大的口讓它去應付外面的世界
小的口淋漓著一杯不加糖的咖啡

175

靶

心

●很多的哭聲。躲在沒有聲音的媒體裡
巷子口的老伯剛從遊行抗議隊伍回來
左輪手槍正對準良善靶心掃射
聖經和倫語被翻譯成歧義教派

176

形而下的睡姿

●我喜歡自己睡的樣子
像形而下的嘯香荷塘
漂浮著一　撇一磔的筆法
拓出幾款草書身印

177

多主義的唇舌

● 隔壁老伯聊著年金改革命題
後浪漫青春像一束塑膠花玫瑰
整條街沉到歷史海底
十七樓頂依然有人叫喊正義與公理

178

春天的扣扳機

●今天。九點七分的絨毛歲月
你適時年齡對焦。中年間隙
長滿反骨春天扣扳機
像七月漲潮胸膛的燒紅帝國

179

人生誤讀

●無端的。人生是穿越和命運
像三毛。三島破碎而自得
時間偏遠皆耗在不存在的和解
以自己為軸。漂浮。掩蔽。誤讀

180

出走

●二十多坪的鄉愁。波瀾著
桌面長滿去年餐碗青苔
洗衣機喃喃的吞吐潮汐
最後一根菸記載出走後的血緣

181

天地不仁

●像盈盈的空。萬物為蛆
化做輕羽斷翼的蝶
四季。將看見拈來的剎那
少。再少。剩字詞裡的收縮而已

182

埋伏

●淌出一滴痂。恰如今生袒露
說給零星的你。聽。及傷
在縱身五臟六腑埋伏
像三月桃紅貪欲。又捻熄了

183

銅幣的旁邊

●一月一日的過。我來到銅幣身旁
看到好端端的生活缺了一角
原來學種田的父親去讀哲學了
三餐總是少了一些鹽和肉末

184

●走進第九頁。海耶克和殷海光都在睡覺
整條街都是市井的。加加減減一生
陽光滿滿在頭頂啟蒙
吃食如廁是肉身的莊嚴道場

185

很久的春天

●刮鬍刀犁去歲月渣漬
39歲那年。　夢到生機的春天
渾身都是夜晚的欲望
我來到鏡前找很久的十八歲

186

永恆與無常

● 越過日子。越過一餐又一餐
生命公式將如何演算出答案
有人靠命運走完直線
有人繞著曲折的三角函數對抗

187

輸贏

● 搔頭回首。旗旌交出輸贏
那人半杯斟月。聽經緯燈盡
一攬秋色。　拖著一雙慢鼓破鞋
滴滴答答演一齣好戲

188

菸和馬克思

●這是最好時光。菸和馬克思
三餐有時候是惡作劇的社會學
我從現實掏取一部分的幸福加菜
島嶼五月。與橫逆擦身而過

189

腎上腺很熱鬧的夜晚

● 夜深的柏拉圖
寂寞是多邊形的
隔壁大嫂熟睡已久
你腎上腺一直很熱鬧

語言文學類　截句詩系16　PG2134

許水富截句

作　　者 / 許水富
責任編輯 / 林昕平
圖文排版 / 莊皓云
封面原創設計 / 許水富
封面設計 / 蔡瑋筠

發 行 人 / 宋政坤
法律顧問 / 毛國樑　律師
出版發行 / 秀威資訊科技股份有限公司
114台北市內湖區瑞光路76巷65號1樓
電話：+886-2-2796-3638　傳真：+886-2-2796-1377
http://www.showwe.com.tw
劃撥帳號 / 19563868　戶名：秀威資訊科技股份有限公司
讀者服務信箱：service@showwe.com.tw
展售門市 / 國家書店（松江門市）
104台北市中山區松江路209號1樓
電話：+886-2-2518-0207　傳真：+886-2-2518-0778
網路訂購 / 秀威網路書店：https://store.showwe.tw
國家網路書店：https://www.govbooks.com.tw

2018年9月　BOD一版
定價：300元

國家圖書館出版品預行編目

許水富截句 / 許水富作. -- 一版. -- 臺北市 :
秀威資訊科技, 2018.09
面； 公分. -- (截句詩系；16)(語言文學類)
BOD版
ISBN 978-986-326-591-7(平裝)

851.486 107013654

讀者回函卡

感謝您購買本書，為提升服務品質，請填妥以下資料，將讀者回函卡直接寄回或傳真本公司，收到您的寶貴意見後，我們會收藏記錄及檢討，謝謝！

如您需要了解本公司最新出版書目、購書優惠或企劃活動，歡迎您上網查詢或下載相關資料：http:// www.showwe.com.tw

您購買的書名：________________________________

出生日期：________年________月________日

學歷：□高中（含）以下　□大專　□研究所（含）以上

職業：□製造業　□金融業　□資訊業　□軍警　□傳播業　□自由業

□服務業　□公務員　□教職　□學生　□家管　□其它____

購書地點：□網路書店　□實體書店　□書展　□郵購　□贈閱　□其他

您從何得知本書的消息？

□網路書店　□實體書店　□網路搜尋　□電子報　□書訊　□雜誌

□傳播媒體　□親友推薦　□網站推薦　□部落格　□其他________

您對本書的評價：（請填代號　1.非常滿意　2.滿意　3.尚可　4.再改進）

封面設計____　版面編排____　內容____　文／譯筆____　價格____

讀完書後您覺得：

□很有收穫　□有收穫　□收穫不多　□沒收穫

對我們的建議：________________________________

____

____

____

請貼
郵票

11466
台北市內湖區瑞光路 76 巷 65 號 1 樓
秀威資訊科技股份有限公司 收
BOD 數位出版事業部

....

（請沿線對折寄回，謝謝！）

姓　名：________________ 年齡：________ 性別：□女　□男

郵遞區號：□□□□□

地　址：____

聯絡電話：(日) ________________ (夜) ________________

E-mail：____